Sarah Welk

Ziemlich beste Schwestern

Total schief gewickelt

Mit Illustrationen von Sharon Harmer

arsEdition

Bibliografische Information der Deutschen Nationalbibliothek
Die Deutsche Nationalbibliothek verzeichnet diese Publikation
in der Deutschen Nationalbibliografie;
detaillierte bibliografische Daten sind im Internet
über http://dnb.d-nb.de abrufbar.

Du möchtest noch mehr von uns kennenlernen?

Für Mila, Martha und Mats

FSC www.fsc.org
MIX
Papier | Fördert gute Waldnutzung
FSC® C018236

Text: Sarah Welk
Umschlaggestaltung und Innenillustrationen: Sharon Harmer
Die Autorin wird vertreten durch die Autoren- und Projektagentur
Gerd F. Rumler (München)

ISBN 978-3-8458-3212-8

www.arsedition.de

Inhalt

Wie einmal das Beste der Welt passiert ist

Heute ist der beste Tag der Welt. Noch besser als Weihnachten und Geburtstag oder eigentlich sogar beides zusammen. Weil ratet mal, was passiert ist? Darauf kommt ihr nie im Leben!

Ich habe schon gleich nach dem Aufstehen gemerkt, dass irgendwas so richtig geheimnisvoll ist. Also nicht gruselig geheimnisvoll, sondern schön geheimnisvoll, so wie Bescherung an Weihnachten, wo man ja auch nicht gucken und erst aus dem Zimmer kommen darf, wenn der Engel mit der Glocke läutet.

Also Flo glaubt, dass das der Engel macht, weil sie Engel so gern mag. Flo ist meine kleine Schwester, sie geht noch in den Kindergarten.

Doch in Wahrheit macht der Weihnachtsmann das natürlich selber, weil das ja eine richtig wichtige Aufgabe ist.

Bei uns hat heute aber keine Glocke geläutet, sondern Mama und Papa haben morgens so getuschelt und irgendwie komisch geguckt. Und dann waren Flo und ich im Spielzimmer und haben gerade eine Futterstation für Frösche gebastelt, als Mama plötzlich gerufen hat: »Flo, Mimi, kommt ihr mal bitte? Papa und ich wollen euch etwas erzählen!«

Mimi, das bin natürlich ich. Und Flo und ich haben nicht wie sonst »Gleich, Mama!« geschrien und erst mal fertig gebastelt, sondern wir sind direkt losgeflitzt.

Als wir in die Küche gekommen sind, haben Mama und Papa am Tisch gesessen und haben so komisch gelächelt. Und dann hat Papa zu Mama gesagt: »Ich oder du?«

Und Mama hat noch mehr gelächelt und geantwortet: »Du, Liebster.«

Das stimmt wirklich! Mama hat »Liebster« zu Papa gesagt! Und da war ich mir ganz sicher, dass irgendwas nicht stimmt. Weil zum Glück macht sie das nur ganz selten, ich finde das nämlich peinlich.

Noch schlimmer ist eigentlich nur, wenn Mama und Papa sich küssen und andere Leute das sehen, im Zoo oder so.

Aber sie machen das trotzdem, obwohl Flo und ich ihnen extra gesagt haben, dass wir das blöd finden und dass andere Eltern das NIE machen.

Doch jetzt habe ich gar nichts gesagt und Flo auch nicht, sondern wir haben stattdessen Papa angestarrt und waren so stumm wie Fische.

Der hat sich ganz umständlich geräuspert und dann hat er Mamas Hand genommen und auf einmal hatte er irgendwie feuchte Augen.

»Mama und ich haben eine Überraschung für euch«, hat er schließlich gesagt. »Wir wissen ja, was ihr euch am allermeisten auf der ganzen Welt wünscht.«

»Ein Pony!!«, hat Flo geschrien. »Mimi, wir kriegen ein lebendes Pony!!!«

Und dann ist sie mir um den Hals gefallen und hat so wild mit den Beinen gestrampelt, dass ich fast umgeplumpst wäre. Und da habe ich gesehen, dass Mama die Augen aufgerissen und Papa einen Vogel gezeigt hat. Also einen kleinen.

»Äääähhh, nein«, hat Papa schnell gerufen. »Unsere Überraschung ist kein lebendes Pony!«

»Ein Husky? Aber dann nehmen wir einen ganz kleinen ohne Zähne, weil sonst beißt der vielleicht Kalle!«, hat Flo gesagt und die Stirn gerunzelt.

Huskys sind Hunde, die richtig gut Schlitten ziehen können. Einmal haben Flo und ich dafür ein Kalb aus dem Stall von Onkel

Jussi genommen, aber das habe ich ja schon erzählt.

Und Kalle ist natürlich unser Kater. Der hat gerade faul auf dem Fensterbrett gelegen und ein Ohr aufgestellt, als Flo seinen Namen gesagt hat.

»Nein!«, hat Papa gerufen. »Auch kein Husky!«

Da hat Mama sich nach vorne gelehnt und mit der einen Hand hat sie meine genommen und mit der anderen Flos.

»Ein Baby«, hat sie gesagt. »Wir bekommen ein Baby.«

Könnt ihr das glauben? Ist das nicht die wirklich allerallerbeste Überraschung in der ganzen Welt?

Also im Moment ist unser Bruder winzig klein und Mamas Bauch noch dünn, aber bald wird er größer und Mama richtig dick und dann kommt er auf die Welt und Flo und ich können uns richtig gut um ihn kümmern.

»Wir wissen aber nicht, ob das ein Junge wird«, hat Papa gesagt. »Wir wollen uns überraschen lassen.«

Doch Flo und ich sind uns ganz sicher. Weil wir sind ja schon zwei Mädchen, und nach zwei Mädchen kommt ein Junge, sonst wäre es ja gar nicht gerecht.

Und jetzt sitze ich in der Schule und kann an überhaupt nichts anderes mehr denken als an unser Baby.

Die erste Stunde hat heute übrigens später als sonst angefangen, weil wir Projektwoche haben.

Das heißt, dass wir die ganze Zeit darüber reden, wie man die Umwelt beschützen kann, weil nämlich richtig viele Leute alles verschmutzen, und das ist schlimm, weil dann Tiere sterben, wenn sie zum Beispiel Plastik fressen oder so. Also die Tiere meine ich, nicht die Leute.

Vorne steht jetzt gerade ein Mann mit langen Haaren, das ist ein Umweltbeschützer und er soll uns alles erklären. Er sieht ein bisschen so aus wie Jesus vorne auf meiner Religionsmappe. Aber Jesus war glaube ich fast nie wütend und der Mann ist irgendwie richtig sauer.

»Die Erwachsenen verbrauchen viel zu viel Plastik und verschmutzen die Luft«, ruft er gerade. »Aber je mehr Kinder sich um die Umwelt kümmern, desto besser.«

Und das stimmt natürlich. Danach reden wir ganz lange über Naturschutz, und dann sagt der Mann, wer will, kann bei ihm jetzt für einen Euro eine Müllkralle kaufen.

Wisst ihr, was eine Müllkralle ist? Das ist so ein Stab, an dem ist hinten ein Knopf dran, und wenn man den drückt, dann geht vorne ein Haken zu und schnappt Abfall, und das ist natürlich praktisch, weil man sich nicht zu bücken braucht.

Leider habe ich keinen Euro dabei. Aber da fällt mir ein, dass ich ja einfach mein Milchgeld nehmen kann, weil ich ab jetzt sowieso

nur noch Wasser trinken werde, denn der Mann hat gesagt, dass Kühe so viel pupsen und dadurch die Luft schlecht wird und dass das umweltschädlich ist.

Das muss ich unbedingt Onkel Jussi erzählen! Der wohnt bei uns nebenan und er hat sogar 187 Kühe und 33 Kälber und dazu auch noch einen Bullen. Aber erst mal kaufe ich die Müllkralle. Da wird Flo aber staunen!

»Mama«, sage ich beim Mittagessen. »Wenn das Baby da ist, dürfen wir keine Wegwerfwindeln aus Plastik benutzen.«

»Aha«, antwortet Mama.

»Das hat der Mann in der Schule heute gesagt«, erkläre ich. »Und außerdem sah der aus wie Jesus.«

»Und dann kommt dein Herr Jesus immer zu uns und wäscht die Stoffwindeln, oder wie?«, fragt Mama.

»Nein, Mama!«, ruft Flo. »Das machen natürlich Mimi und ich! Aber ohne Waschmittel.« Also manchmal versteht Flo solche Sachen richtig gut.

»Weil in Waschmittel ist nämlich Mikroplastik«, sage ich, und weil *Mikroplastik* ein ganz schön schweres Wort ist, fällt mir dabei ein bisschen Schnitzel aus dem Mund. »Das schlucken sonst Fische runter und sterben.«

»Und du schluckst bitte erst mal dein Essen runter und redest dann«, antwortet Mama und guckt streng.

Ich weiß echt nicht, warum sie das bei JEDEM Essen sagt. Aber da fällt mir plötzlich noch etwas anderes ein. Was richtig Schlimmes.

»Was war das eigentlich mal für ein Tier?«, frage ich und zeige auf das Schnitzel.

»Schwein«, antwortet Papa.

Und da muss ich so würgen, dass ich das ganze Essen zurück auf den Tisch spucke. Ferkel sind doch so niedlich! Fast so süß wie echte Babys. Der Mann aus der Schule isst übrigens überhaupt gar nie Fleisch, hat er gesagt.

»Mimi!«, schreit Mama. Sie springt auf und ihr Stuhl fällt nach hinten um. »Jetzt reicht's!«

Und dabei haut sie mit der Hand auf den Tisch.

Also, ich glaube jedenfalls, dass sie mit der Hand auf den Tisch hauen *wollte*. In echt trifft sie nämlich ihren Tellerrand, und deshalb fliegt jetzt ihr Schnitzel mit Karacho hoch in die Luft und die Soße auch, und beides zusammen klatscht erst von unten in die Lampe und dann wieder auf die Tischplatte zurück.

Und da sagt Mama überhaupt nichts mehr, sondern glotzt einfach nur auf die ganze Soße an der Glühbirne, und das sieht wirklich lustig aus und ich muss lachen. Aber da schluchzt Mama plötzlich auf und dreht sich um und rennt einfach ins Schlafzimmer.

Ich kriege einen Riesenschreck. Ich kann es nicht aushalten, wenn Erwachsene weinen und am allerwenigsten, wenn es Mama ist oder Papa.

Mama tut mir so leid, dass mir auf einmal der ganze Bauch wehtut, und deshalb springe ich schnell auf, weil ich jetzt sofort zu ihr will.

»Bleib mal hier«, sagt Papa da mit ganz lieber Stimme. »Mama braucht einfach eine kleine Pause. Bestimmt kommt sie gleich wieder. Das Baby in ihrem Bauch bringt gerade alles ein bisschen durcheinander und Mama ist oft ungeduldig und manchmal muss sie sogar spucken und ganz selten auch noch weinen. Das ist normal, wenn man schwanger ist, ihr müsst euch keine Sorgen machen.«

Also, das finde ich jetzt schon ein bisschen komisch. Und Mama tut mir immer noch leid. Aber zum Glück geht da die Schlafzimmertür auf und Mama guckt vorsichtig um die Ecke. Ihre Augen sind ein bisschen rot.

»Tut mir leid«, schnieft sie. »Ich weiß auch nicht, was mit mir los ist.«

»Hab ich doch gesagt«, flüstert Papa und zwinkert Flo und mir zu.

»Macht doch nichts, Mama«, rufe ich schnell und laufe zu ihr. Flo rennt direkt hinter mir her, aber ich komme zuerst an und umarme Mamas Bauch, und Flo nimmt deshalb Mamas Rücken und steckt den Kopf unter ihrem Arm durch.

»Mach du mal nicht so einen Ärger, sonst wird hier alles total dreckig«, sagt sie.

»Sag mal, Flo, wie redest du denn mit mir?«, fragt Mama und runzelt die Stirn.

»Ich hab doch nicht mit dir geredet!«, ruft Flo. »Sondern mit unserem Bruder!«

Und da umarmt Mama Flo und mich ganz fest zurück und zum Glück putzt Papa jetzt schon das ganze Schnitzel und die ganze Soße vom Tisch und von der Lampe weg, und alles sieht fast schon wieder picobello aus.

Und da kommt auf einmal eine Idee in meinen Kopf. Eine richtig gute Überraschungsidee für den Bruder und für Mama und für Papa auch.

»Wollt ihr nicht langsam mal Mittagsschlaf machen?«, frage ich.

Und dabei merke ich schon, dass mein ganzer Bauch hüpft, weil das nämlich super wird.

Und bin ganz froh.

Wie Flo und ich einmal richtig gut aufgeräumt haben

»Also Flo«, sage ich, als Mama und Papa endlich ins Schlafzimmer verschwunden sind. »Du räumst draußen im Garten auf und ich mache alle Sachen hier drinnen. Damit helfen wir Mama und Papa ganz viel.«

»Ich hab aber keine Lust, draußen aufzuräumen«, antwortet Flo und schiebt die Unterlippe nach vorne. »Draußen finde ich blöd.«

»Mann Flo!«, rufe ich. »Allein schaffe ich aber die ganze Arbeit nicht! Und der Mann in der Schule hat gesagt, dass für Babys alles richtig sauber sein muss!«

»Nee«, sagt Flo. »Ich mache drinnen und du räumst draußen auf.«

Aber da erkläre ich ihr, dass sie sich mit Umweltschutz ja überhaupt nicht richtig auskennt und ich deshalb die schwierigen Sachen drinnen machen muss. Und dann erlaube ich Flo, dass sie zum Aufräumen meine Müllkralle ausleihen darf, und das findet sie dann auch gut und geht endlich in den Garten.

Ich muss jetzt schnell machen, weil Mama und Papa schlafen ja immer nur eine Stunde.

Als Erstes hole ich sechs Rollen Klopapier aus der Vorratskammer und die vom Halter im Bad nehme ich natürlich auch.

Dann reiße ich alle Blätter einzeln ab, weil wenn man nämlich zur Toilette geht, soll man nicht immer so viel Papier benutzen, das ist Verschwendung und dadurch sterben Bäume. Und wenn die Blätter einzeln daliegen, kann man nicht mit einem »Wutsch«

die Rolle abrollen und vielleicht zwölf Blätter auf einmal abreißen oder so.

Ich lege die ganzen Blätter auf die Fensterbank neben dem Klo, und weil da nicht genug Platz ist, auch noch ziemlich viele rund um die Toilette auf die Fliesen.

Auf dem Badewannenrand stehen zwei Shampooflaschen und eine Spülung und Duschgel noch dazu, das kippe ich alles in den Ausfluss, weil in normalem Shampoo ist Mikroplastik.

Und Shampoo und Seife kann man auch super selber machen, sagt der Mann aus der Schule. Das mit dem Mikroplastik habe ich euch ja schon erzählt, davon sterben nämlich Fische.

Jetzt muss ich nur noch eine Sache erledigen, nämlich den Aufkleber für den Briefkasten basteln.

Es kommt ja jeden Tag richtig viel Werbung an, zum Beispiel so langweilige Zeitungen mit Frauenanziehsachen oder mit Schaufeln aus dem Baumarkt.

In der Schule haben wir uns deshalb überlegt, dass man ein Schild auf den Briefkasten kleben kann, auf dem »Keine Werbung« steht, weil wenn aus dem Papier keine

Werbung gemacht wird, dann kann man es für wichtige Sachen benutzen, Bücher zum Beispiel.

Aber meine Idee ist noch viel besser. Ich nehme ein großes Blatt und da schreibe ich drauf:

Keine Post einwerfen!

Weil das spart ja noch mehr Papier, und Papa sagt sowieso fast jeden Tag, wenn er die Post holt: »Warum kommen hier eigentlich nur blöde Sachen an und niemand schreibt mehr echte Briefe? Immer nur olle Rechnungen.«

Drum herum male ich noch grüne Bäume und einen Totenkopf, der sieht richtig gefährlich aus.

Danach flitze ich nach draußen und hole mein Fahrrad aus dem Schuppen. Der Briefkasten ist nicht direkt am Haus, sondern man muss ein Stück den Brückenweg entlangfahren, und da steht er dann, damit der Postbote nicht immer ganz bis zu uns kommen muss.

Neben uns ist nur noch der Hof von Onkel Jussi und Mats. Mats ist unser Cousin, und der ist fast schon jugendlich. Wir haben übrigens noch viel mehr Cousins, die heißen Bela und Ben und Henry, aber die leben woanders, nämlich in der Stadt, und da fahren wir fast nie hin, und deshalb kennen wir die kaum.

»Mimi«, schreit Flo und winkt mir wie wild mit der Müllkralle. »Wo fährst du hin?«

»Zum Briefkasten«, brülle ich. »Ich komme gleich wieder. Und dann helfe ich dir im Garten!« Flo und ich dürfen nämlich alleine bis zum Briefkasten fahren, weil bei uns fast nie Autos unterwegs sind. Aber auf keinen Fall weiter, das erlaubt Mama nicht.

Ich habe extra das dicke Klebeband aus Mamas Paketschublade mitgenommen, und damit klebe ich meinen Riesenzettel mitten auf dem Briefkasten fest, und er hält richtig gut, bestimmt sogar bei Regen.

Der Briefkasten sieht jetzt viel schöner aus als vorher, ich ärgere mich nur ein bisschen, dass ich nicht gleich zwei Schilder gebastelt habe, weil dann hätte ich an dem von Onkel Jussi auch direkt noch eins festmachen können.

Als ich zurückkomme, steht Flo ganz hinten im Garten. Ich schmeiße mein Fahrrad auf die Einfahrt und flitze zu ihr.

»Jetzt bin ich dran«, sage ich und nehme ihr die Müllkralle aus der Hand.

»Ey«, kreischt Flo und reißt sie mir sofort wieder weg.

»Flo!«, sage ich mit ganz strenger Stimme. »Das ist *meine* Müllkralle und deshalb kann ich auch darüber bestimmen. Und außerdem darf man nichts wegreißen.«

»Aber du hast ja selber weggerissen, du Blöde!«, schreit Flo und dann rennt sie einfach weg. Mit der Müllkralle. Die spinnt ja wohl total!!

Ich rase los wie eine Rakete und zum Glück kann ich viel schneller laufen als Flo. Aber als ich sie an der Kapuze packen will, macht sie plötzlich einen Haken zur Seite und ich stolpere und knalle hin, und zwar volle Kanone.

Doch Flo bleibt trotzdem nicht stehen, sondern holt mit dem Arm weit aus und dann schmeißt sie meine Müllkralle einfach über den Zaun zur Gärtnerei.

Die ist nebenan und da arbeitet nämlich Mama. Also nicht jetzt natürlich, jetzt macht sie ja Mittagsschlaf.

»Sag mal, spinnst du?«, schreie ich und bin so wütend wie noch nie in meinem Leben.

Und deshalb springe ich auf und reiße Flo an den Haaren und sie kneift mir richtig doll in den Arm und wir kreischen beide und dann fallen wir hin und rollen durchs Gras und kämpfen. Aber zum Glück schaffe ich es, mich auf Flo draufzusetzen, und dann drücke ich ihre beiden Arme ins Gras und zische: »Gibst du auf?«

»Klicko«, schreit Flo, doch das geht ja überhaupt nicht, weil »Klicko« darf man nur sagen, wenn man beim Fangenspielen eine Pause machen will, aber nicht beim Kämpfen!

»Klicko, wir wechseln ab!«, ruft Flo.

Ich drücke noch einmal richtig fest ihre Arme in den Rasen und denke nach.

»Na gut«, zische ich schließlich. »Aber ich darf länger als du, weil das *meine* Kralle ist und ich beim Kämpfen gegen dich gewonnen habe.«

Und da nickt Flo, und dann lass ich sie los, weil sonst bestimmt gleich Mama und Papa aufwachen und wir ja noch gar nicht fertig mit dem Garten sind.

Aber jetzt müssen wir erst mal die Müllkralle zurückholen, und das ist ganz schön schwierig, weil der Zaun nämlich so hoch ist.

Ich mache Räuberleiter und Flo zieht sich hoch und dann guckt sie oben drüber und ruft: »Also, das glaube ich ja wohl nicht.« Irgendwie hört sie sich dabei an wie Mama, wenn sie zum Beispiel abends in unser Zimmer kommt und wir noch nicht aufgeräumt haben.

»Was ist denn?«, rufe ich.

»So eine Umweltverschmutzung hab ich noch nie gesehen!«, antwortet Flo und ihre Stimme klingt richtig empört.

Und da lasse ich ihren Fuß einfach los und sie plumpst ins Gras, aber sie tut sich nicht weh.

Stattdessen springe ich jetzt selber hoch und ziehe mich an der Zaunkante nach oben. Das ist ganz schön schwer, doch ich schaffe das, weil ich nämlich richtig stark bin und nicht nur Pudding in den Armen habe.

Und ihr glaubt nicht, was da hinter dem Zaun ist!

Ein Müllberg.

Und zwar kein kleiner, sondern ein riesengroßer.

Ganz unten liegen schimmelige Apfelsinenschalen. Darüber Kartoffeln, aus denen gucken grüne Keime raus, wie so Drakula-Arme, und dann auch noch Äpfel mit ekligen Matschstellen und ziemlich viele Bananenschalen und auch ganze Bananen, die sind braun und riechen irgendwie süß-matschig, sogar bis hier oben.

Ich versuche, mir mit einer Hand die Nase zuzuhalten, aber da rutsche ich fast ab, und deshalb atme ich jetzt einfach so wenig wie möglich.

»Flo«, presse ich hervor. »Das müssen wir wegräumen. Stell dir mal vor, unser Bruder besucht Mama mal in der Gärtnerei, und wenn sie nicht guckt, krabbelt er nach hinten und dann sitzt der mitten in dem Stinkehaufen und isst die Sachen vielleicht sogar auf!«

»Uuuuähhhhh«, würgt Flo hervor, und dabei schüttelt sie sich so, dass ich fast schon denke, sie muss spucken. Flo ist zwar ziemlich mutig, aber manchmal auch ein bisschen empfindlich.

»Also gut«, sage ich. »Ich klettere auf die andere Seite und werfe mit der Kralle alle

Sachen zu dir rüber. Und dann bringen wir sie zusammen zu unserer Mülltonne, okay?«

»Okay«, sagt Flo mit so einer Quetschstimme, weil sie sich nämlich jetzt schon die Nase zuhält, obwohl es bei ihr ja noch gar nicht stinkt.

Ich nehme meinen ganzen Mut zusammen, ziehe mich am Zaun hoch und springe auf der anderen Seite ins Gras. Zum Glück rutsche ich nicht aus, weil in dieser ekelhaften Matschestinke will ich bestimmt nicht liegen!

»Achtung Flo!«, schreie ich und dann schnappe ich mir mit der Müllkralle die erste Ladung Bananenschalen und schleudere sie in einem richtig hohen Bogen über den Zaun.

Es dauert ganz schön lange, bis ich alle Sachen auf die andere Seite geworfen habe, besonders die Schimmelapfelsinen sind schwierig, weil die so rund sind und immer durch die blöde Kralle rutschen. Einmal fällt mir sogar so eine Orange auf die Haare, pfui Teufel!

Aber ich habe keine Zeit, um mich richtig zu ekeln, weil Flo und ich ja schnell machen müssen!

Als ich endlich fertig bin und über den Zaun gucke, kann ich selbst kaum glauben, wie viel Müll das ist! Weil bei uns auf dem Rasen liegt er jetzt ja überall verteilt, und in der Gärtnerei war es ein Haufen, da sah es irgendwie weniger aus.

Flo steht mittendrin und stemmt die Arme in die Seiten.

»Also Mamas Chef ist ein RICHTIGER Umweltverschmutzer!«, ruft sie.

»Glaubst du, dass Mama das weiß?«, frage ich und springe neben Flo ins Gras.

Flo zieht die Schultern nach oben und guckt grimmig.

»Ich weiß, was wir machen«, ruft sie plötzlich. »Wir legen den ganzen Dreck erst mal vor die Haustür und zeigen ihn Mama. In die Mülltonne können wir ihn hinterher ja immer noch bringen.«

Also manchmal hat Flo echt richtig gute Ideen, obwohl sie noch so klein ist.

Wir holen uns schnell Arbeitshandschuhe aus dem Schuppen, weil wir ja nur *eine* Müllkralle haben, und mit den Händen geht das Wegräumen sowieso viel schneller. Am Anfang ist das ganz schön ekelhaft, aber dann gewöhnen Flo und ich uns irgendwie daran, und da ist es eigentlich sogar lustig. Wir kriegen nur einmal fast Streit, als Flo aus Witz eine Bananenschale nach mir wirft, aber nur ganz kurz und dann machen wir weiter.

Wir sortieren die Sachen sogar, weil das nämlich irgendwie schöner aussieht. Und dann sind wir fertig und die Reihenfolge ist so:

Direkt vor der Haustür liegt eine richtig lange Reihe Bananenschalen und ganze

Bananen, dahinter kommen dann die verschimmelten Apfelsinen und Matschäpfel, dann die Kartoffeln und ganz am Ende irgendwie so gammelige Lauchstangen, die haben wir nämlich auch noch gefunden.

Die steckt Flo in Mamas Blumenbeet, mitten zwischen die Rosen, immer abwechselnd ein Lauch und eine Rose.

»Das sieht eigentlich sogar ganz schön aus«, sagt Flo und guckt stolz. »Die werfen wir nachher nicht weg.«

Und dann rennen wir nach drinnen, weil jetzt bin ich richtig gespannt, was Mama und Papa sagen.

Eigentlich dürfen wir sie beim Mittagsschlaf nicht wecken, aber heute ist eine Ausnahme, weil wir ja eine richtig gute Überraschung haben. Wir machen ganz vorsichtig die Schlafzimmertür auf und gucken um die Ecke.

»Mama«, flüstere ich.

»Was riecht denn hier so?«, fragt Papa und rümpft die Nase, obwohl seine Augen noch zu sind.

»Ihr müsst kommen!«, wispert Flo. »Mimi und ich haben super Umweltschutzsachen gemacht.«

Ich stoße Flo in den Rücken, weil eigentlich soll sie das ja noch gar nicht verraten. Mama setzt sich auf und starrt uns an.

»Was hast du denn in deinen Haaren, Mimi?«, fragt sie. »Und warum habt ihr Arbeitshandschuhe an? Und warum, bitte schön, stinkt ihr so erbärmlich???«

Flo und ich gucken uns an. Aber als wir gerade antworten wollen, hören wir draußen eine Stimme.

»Hallo«, brüllt da jemand aus dem Hof. »Jemand zu Hause? Ich hätte kurz eine Frage zu Ihrem Zettel!«

»Ist das der Postbote?«, fragt Papa und guckt Mama an.

Aber die antwortet gar nicht, sondern springt aus dem Bett. »Mir ist übel«, ruft sie und rast ins Bad.

Flo stößt mir den Arm in die Seite und zwinkert mir zu, weil Mama jetzt ja gleich die erste Überraschung sieht. Aber wir können gar nicht hören, wie sie sich freut, weil Papa uns nämlich zur Seite schiebt und die Treppe nach unten rast und dabei »Ich komme schon!« brüllt.

Und da flitzen Flo und ich natürlich hinterher, weil wir jetzt auch neugierig sind.

Papa rennt durch den Flur und reißt die Haustür auf. Und dann sagt er nichts mehr, und zwar noch nicht mal Piep.

Stattdessen reißt er die Augen auf und zeigt auf den Hof und schnappt nach Luft. Dann dreht er sich zu uns um und dann wieder zurück, weil jetzt nämlich der Postbote mit den Armen winkt.

Der steht ziemlich weit weg, direkt hinter der Kartoffelreihe, aber noch vor den Lauchstangen im Beet.

»Entschuldigung«, ruft er und legt dabei die Hände an den Mund wie einen Trichter. »Ist das ernst gemeint, dass Sie überhaupt keine

Post mehr wollen?« Und dabei schwenkt er ein ganzes Bündel mit Katalogen und Briefen über dem Kopf hin und her.

»Äh-äh-äh«, stottert Papa. »Was? Wie? Waaaaas???« Und dabei dreht er sich auf dem Absatz um und sein Finger zeigt immer noch nach vorne, aber jetzt nicht mehr auf den Müll, sondern auf Flo und mich.

»Was ist das?«, ruft er und reißt die Augen auf, als hätte er ein grünes Kaninchen gesehen.

Aber als wir gerade etwas sagen wollen, geht die Badezimmertür auf und Mama kommt rausgerannt.

In ihren Armen hält sie einen ganzen Stapel Klopapierblätter und ruft: »Mimi und Flo, könnt ihr mir das bitte mal erklä…!«

Und dann bleibt auch sie stocksteif stehen

und reißt die Augen auf und starrt in den Hof und dann auf Papa und dann wieder in den Hof.

»Ich leg die Briefe einfach mal hier ab!«, ruft jetzt der Postbote und bückt sich. Dann dreht er sich um und springt ganz schnell in sein Auto. Aber ich habe genau gesehen, dass er sich auch noch mit dem Finger an die Stirn getippt hat.

Und dann erklären Flo und ich Mama und Papa erst mal alles. Dass Mamas Chef ein richtig schlimmer Umweltverschmutzer ist. Und dass man nicht so viel Klopapier benutzen soll. Und dass ab jetzt auch überhaupt keine Rechnungen mehr kommen und dass das ja wohl gut ist.

Erst sind Mama und Papa irgendwie sauer, aber dann doch nicht mehr, und schließlich sagen sie, dass wir ab jetzt einfach Umweltschutzklopapier kaufen werden, weil stellt euch mal vor, das gibt es auch! Und dann muss ich auch nicht mehr immer alle Blätter einzeln abreißen, und das finde ich gut, weil das war nämlich ganz schön viel Arbeit.

Und das mit dem Aufkleber am Briefkasten machen wir auch anders, nämlich wir schreiben doch nur »Keine Werbung«.

»Denn stell dir mal vor, Mimi, jemand schickt dir eine Einladung zum Kindergeburtstag und der Briefträger wirft sie nicht ein!«, sagt Papa, und daran hatte ich überhaupt nicht gedacht.

Und dann erklärt Mama uns, dass das in der Gärtnerei gar kein richtiger Müllberg war, sondern ein Komposthaufen, und das ist was anderes. Die Kunden können ihr altes Obst und Gemüse in der Gärtnerei abgeben und dann wird das gesammelt und irgendwann wird daraus ganz von selber richtig gute Erde.

»Ihr müsst den Müll also wieder zurückbringen, bevor ihr in die Wanne geht«, sagt Mama. »Mein Chef macht keine Umweltverschmutzung, sondern er kümmert sich richtig gut um die Natur!«

Und da bin ich ganz erleichtert.

Und froh sowieso.

Wie wir einmal echtes Shampoo selber gemacht haben

»Mimi«, sagt Flo. »Wollen wir heute selber Shampoo machen?«

Und das ist eine richtig gute Idee, finde ich. Weil in der Schule haben wir dafür ein Rezept gekriegt und das ist überhaupt nicht schwierig. Man braucht nur zwei Sachen, nämlich Mehl und Wasser.

»Ihr müsst aber auf jeden Fall Roggenmehl nehmen«, hat der Umweltbeschützer gesagt.

»Sonst funktioniert es nicht. Das Shampoo schützt nicht nur die Umwelt, sondern es kostet auch viel weniger als das aus der Drogerie!«

Und das ist natürlich super. Weil dann kann Mama ja einfach uns das Geld geben und ich tue es in mein Sparschwein und kaufe mir irgendwann eine richtige Riesensache. Ein Barbiehaus oder so. Flo spart nie, sie gibt lieber alles für Gummischnuller und Schokolade aus.

»Und außerdem kann ich das Geld gar nicht in meine Spardose tun«, sagt sie immer. »Weil da ist ja schon die Marienkäfersammlung drin.«

Wenn Flo nämlich einen toten Marienkäfer

findet, steckt sie ihn einfach durch den Schlitz. Ganz manchmal auch lebende, aber das ist keine Tierquälerei, weil die können ja wieder rauskrabbeln, wenn es ihnen da drinnen zu dunkel ist.

In der Speisekammer finden wir leider nur normales Mehl, das ist natürlich blöd. Deshalb renne ich zu Papas Arbeitszimmer und klopfe.

»Entschuldigung, Papa«, sage ich. »Haben wir Roggenmehl?«

»Verflucht!«, zischt Papa und dreht sich gar nicht zu mir um, sondern starrt die ganze Zeit weiter auf seinen Computer.

»Papa!«, rufe ich. »Ich habe dich was gefragt!« Das sagt Mama auch immer zu mir, wenn ich mal nicht sofort antworte.

»Roggenmehl«, murmelt Papa und guckt immer noch nicht zu mir her. »Rechts im Regal, bei den Brotbacksachen.«

»Und wie sieht die Verpackung aus?«, frage ich, weil wir dürfen ja auf keinen Fall das falsche nehmen.

»Mann, Mimi!«, ruft Papa, und jetzt dreht er sich doch herum, und zwar mit so viel Schwung, dass er fast vom Stuhl kippt, und er sieht *richtig* genervt aus. »Ich muss einen Flug buchen und dabei darf ich keinen Fehler machen. Also bitte: Geh. Jetzt. Raus!«

Heute Mittag muss Papa nämlich nach Frankfurt fliegen, für seine Arbeit.

»Für die paar Stunden? Das ist ja ein Schwachsinn«, hat Mama beim Frühstück gesagt. »Und warum überhaupt so kurzfristig?«

»Fliegen ist übrigens richtig umweltschädlich«, hat Flo gerufen und Mama und Papa haben genau gleichzeitig gestöhnt: »Bitte nicht!« Und dann haben sie schnell über was anderes geredet.

Zum Glück finden Flo und ich das Roggenmehl jetzt. Es ist gar nicht mehr in der Tüte, sondern Mama hat es in ein riesiges Glas gefüllt. Leider ist es nur noch halb voll, aber vielleicht reicht das ja.

Papa will immer nicht, dass wir Chaos in der Küche machen, deshalb nehmen Flo und ich einfach alles mit in den Garten.

Einmal haben wir drinnen ganz alleine echten Kuchen gebacken, und da haben wir *richtig* Ärger gekriegt, aber das habe ich ja schon mal erzählt.

Als wir draußen sind, hole ich schnell den Gartenschlauch, und den halten wir kurz in das Glas, und dann machen wir den Deckel wieder zu und schütteln, so doll wir können.

»Das ist echte Supermatsche! Richtig mit Schaum«, ruft Flo und lacht.

»Aber normalerweise ist der Schaum bei Shampoo nicht braun, sondern weiß«, antworte ich und rümpfe die Nase.

»Wir können ja Gänseblümchen mit reinschnipseln!«, ruft Flo, und bevor ich noch irgendetwas sagen kann, rennt sie los und holt richtig viele. Und dann reißen wir alle in Stückchen und werfen sie auch mit in das Glas.

»Und jetzt machen wir noch Duschgel und Parfüm«, schlägt Flo vor und dabei schüttelt sie wieder das Glas und guckt richtig stolz.

Ich finde, dass das Shampoo irgendwie nicht so richtig gut geworden ist, doch das sage ich nicht, weil Flo sonst wieder beleidigt ist.

»Aber das Duschgel und das Parfüm machen wir ohne Mehl«, schlage ich vor. »Damit der Schaum schön weiß wird.«

Und darum nehmen wir nur Wasser und Blumen und dann noch Mamas Bodylotion aus dem Badezimmer, die hat Papa ihr zum Geburtstag geschenkt. Ich kippe alles in zwei große Sandeimer und Flo rührt um und dann sind wir fertig und es sieht wirklich richtig gut aus und riecht auch schön.

»Jetzt müssen wir das aber noch umfüllen«,

sagt Flo und stemmt die Hände in die Seiten. »Weil wir können ja nicht die Dreckeimer ins Badezimmer stellen, sonst kriegt Mama zu viel.«

Und dann rennt sie nach drinnen und drei Sekunden später ist sie schon wieder da und unter ihren Armen klemmen zwei große Gläser aus der Vorratskammer, und das ist natürlich eine richtig gute Idee.

Das Paniermehl und den Grieß kippen wir einfach unter einen Busch, Vögel brauchen nämlich auch Futter, und dann füllen wir unser Duschgel und das Parfüm um, und schon sind wir fertig.

Es ist gar nicht so einfach, alles nach drinnen zu tragen. Fast stolpere ich sogar über

Papas Reisetasche, die liegt im Flur und ist noch gar nicht zu.

Flo bleibt stehen und starrt auf Papas Sachen und dann dreht sie sich zu mir um und ihr Gesicht sieht richtig geheimnisvoll aus.

»Mimi«, flüstert sie. »Wir machen eine Superüberraschung für Papa! In Frankfurt braucht er doch auch Badezimmersachen!«

Und bevor ich noch irgendetwas sagen kann, stellt sie schon das große Glas mit dem Shampoo mitten in Papas Tasche. Die Strickjacke und das T-Shirt und die ganzen Ordner und Zettel schiebt sie dafür einfach zur Seite und der Reißverschluss geht trotzdem noch zu.

»So«, murmelt Flo und stemmt die Hände in die Hüften.

»Flo«, sage ich und beiße auf meine Unterlippe. »Ich weiß nicht, ob Papa das so gut findet. Eigentlich dürfen wir ja nicht an seine Arbeitssachen gehen.«

»Natürlich findet Papa das gut!«, ruft Flo. »Der kann sich ja sonst überhaupt nicht die Haare waschen! Und dann werden die stinkig!« Und da hat sie natürlich recht.

Aber meine beiden Gläser stelle ich trotzdem lieber ins Bad, und zwar ganz unten in den Schrank.

»Mann, warum ist die Tasche denn so schwer?«, stöhnt Papa, als wir zusammen durch den Flughafen rasen.

»Vielleicht hast du ja Pudding in den Armen«, kichert Flo und stupst mich heimlich in den Rücken.

»Pudding?«, fragt Papa, aber dabei guckt er ganz hektisch auf eine Anzeigetafel, und deshalb weiß ich, dass er gar nicht richtig zuhört.

»Ausgang A 13«, murmelt er. »Da vorne ist die Sicherheitskontrolle.«

Ich finde Sicherheitskontrolle am besten vom ganzen Flughafen, beinahe noch besser als die Flugzeuge. Weil die geht nämlich so: Alle Leute schieben ihre Taschen in eine

Röhre, und da drin werden die Koffer irgendwie durchsichtig und die Polizei kann gucken, ob jemand gefährliche Sachen ins Flugzeug mitnehmen will, weil das ist nämlich verboten. Silvesterknaller oder so. Das weiß ich noch vom Urlaub.

Aber leider dürfen wir nicht mit reingehen. Die Sicherheitskontrolle ist nur für Papa, weil er das Ticket hat, und das finde ich *richtig* blöd. So können wir das mit der Röhre gar nicht richtig sehen!

Aber da strubbelt Papa Flo und mir schon durch die Haare und gleichzeitig gibt er Mama einen Kuss.

»Nicht küssen«, zische ich.

Doch Papa und Mama hören mir überhaupt nicht zu, sondern Papa dreht sich jetzt einfach um und geht durch einen Durchgang.

Dann zeigt er seine Karte einem Mann und hebt seine Tasche auf das Laufband.

»So«, sagt Mama. »Dann können wir ja los.«

»Nein!«, ruft Flo. »Ich will noch gucken!«

»Flo«, antwortet Mama. »Das ist total uninteressant. Wir fahren jetzt.«

»Aber schau mal!«, schreit Flo, und dabei zeigt sie mit dem Finger und hopst von einem Bein aufs andere, weil sie so aufgeregt ist. »Bei Papa ist irgendwas!«

Und da sehe ich es auch. Hinter der Absperrung steht Papa und sein Kopf ist knallrot. Vor ihm hat sich ein Mann in Uniform aufgebaut und guckt streng. Er redet auf Papa ein und gleichzeitig greift er in Papas

Reisetasche und auf einmal klappt er seinen Mund zu und stattdessen reißt er die Augen auf.

Und dann zieht er ganz langsam und vorsichtig das Glas mit unserem Shampoo aus Papas Tasche.

Obwohl er es so bewegt, als wäre es ein rohes Ei, schwappt der braune Schaum trotzdem hin und her, und irgendwie sieht das ganz schön eklig aus und die hübschen Gänseblümchen kann ich überhaupt nicht mehr erkennen.

Papas Augen werden kugelrund, beinahe so, als würde der Mann ihm eine riesige braune Nacktschnecke mit Glibber obendrauf entgegenstrecken.

Er starrt auf die Matschbrühe im Vorratsglas und dann schnappt er nach Luft, und zwar nicht nur einmal, sondern ganz oft hintereinander.

Jetzt zieht der Uniform-Mann ein Funkgerät aus der Tasche und hält es sich vor den Mund und sagt irgendwas. Und dann

passiert alles gleichzeitig. Aus einer Ecke kommt ein zweiter Uniform-Mann angerast und der erste streckt ihm das Glas entgegen, aber Papa denkt anscheinend, dass *er* das

nehmen soll, und macht einen Schritt nach vorne und streckt die Arme aus.

Und dadurch erschreckt sich der erste Uniform-Mann und hopst hoch. Und dann macht es ganz laut »Plopp« und auf einmal hat er nur noch den Verschluss in der Hand.

Das Vorratsglas fällt ohne Deckel nach unten in Papas Tasche und oben spritzt ganz viel Schaum raus, aber das meiste Shampoo schwappt in die Tasche.

Und dann ist es still.

Also nicht nur ein bisschen still, sondern vollkommen still.

Alle starren auf Papa und auf die Matschspritzer in seinem Gesicht und auf die Tasche und niemand bewegt sich. Ungefähr so wie bei dem Spiel »Schlafender König«.

Kennt ihr das? Da darf sich ja auch keiner rühren, und wer es doch macht, hat verloren.

»Unser Shampoo!«, schreit Flo da plötzlich, und zwar so laut, dass mir fast die Ohren wegfliegen. Und auf einmal drehen sich alle Leute zu uns um, auch die Uniform-Männer, und starren uns an.

»Euer Shampoo?«, fragt Mama, und irgendwie klingt ihre Stimme so, als könnte sie nicht glauben, was sie gerade gehört hat.

»Das war Flos Idee!«, rufe ich. »Ich wollte das nicht in Papas Tasche tun!«

»Das stimmt ja gar nicht!«, kreischt Flo. »Mimi lügt!«

Und da werde ich richtig sauer, weil das einfach nicht wahr ist, und deshalb schubse ich Flo und sie schubst mich zurück und dann fallen wir beide hin und rollen über den Boden und kämpfen, und Mama versucht, uns auseinanderzuziehen.

Ich drehe den Kopf zur Seite und da entdecke ich Papa. Alle Leute weichen ihm aus, sodass er richtig gut durchkommt und gar nicht drängeln muss. In der Hand hält er seine Tasche.

»Schnell weg hier«, flüstert er und schnappt Mamas Hand und zieht sie hinter sich her. »Bevor die sich das anders überlegen. Den Flieger krieg ich sowieso nicht mehr.«

Und da springen Flo und ich auch auf und dann rasen wir alle vier durch den Flughafen wie Raketen, bis fast zum Ausgang.

Dort lässt Papa sich auf eine Bank fallen und reibt sich die Stirn. Irgendwie ist er ein bisschen blass. Dann holt er tief Luft und seufzt.

Flo stellt sich ganz dicht neben mich und ich lege den Arm um ihre Schulter, aber Papa schimpft gar nicht los.

Stattdessen wischt er sich braunen Schaum aus dem Gesicht und murmelt: »Mannomannomann, Mimi und Flo. Was war das denn?«

»Wir wollten dich nicht ärgern, Papa!«, ruft Flo schnell. »Wir haben nur echtes Shampoo für dich gemacht, damit deine Haare nicht stinkig werden.«

»Damit meine Haare nicht stinkig werden«, wiederholt Papa, und dabei zieht er die Augenbrauen so hoch, dass sie fast bis oben auf seinen Kopf rutschen.

Und dann erklärt er uns, dass niemand so viel Shampoo auf einmal mit ins Flugzeug nehmen darf, weil das irgendwie gefährlich ist, und erst recht nicht in einem Vorratsglas. Und dass man dafür richtig schlimmen Ärger kriegen kann.

»Habt ihr das verstanden?«, fragt er.

Und da rufe ich schnell »Ja« und Flo auch.

»Und deine Anziehsachen waschen wir einfach«, ergänzt Flo und dabei gibt sie Papa hunderttausend Küsse ins Gesicht.

»Und deine Arbeitszettel trocknen wir und dann wischen wir sie sauber«, rufe ich. »Und dann kannst du einfach morgen zur Arbeit fliegen.«

Dann umarme ich Papa, so fest ich kann.

Und bin ganz froh.

Wie wir einmal Knolle und Bolle gewickelt haben

»Mama«, frage ich. »Wenn Ninja auf der Welt ist, dürfen wir ihn dann auch mal wickeln?«

»Klar«, antwortet Mama und steckt dabei Windeln ins Regal über dem Wickeltisch.

Mama und ich bereiten nämlich gerade alles für unseren kleinen Bruder vor. Der heißt Ninja, aber wenn er auf die Welt kommt, kriegt er einen neuen Namen.

»Ninja« haben Flo und ich uns ausgedacht, weil Ninjas richtig gute Kämpfer sind, und wir wollen unserem Bruder auch das Kämpfen beibringen. Also wenn er ein bisschen größer ist, meine ich.

Es dauert jetzt überhaupt nicht mehr lange, bis er geboren wird, vielleicht sogar schon morgen.

Mama ist inzwischen ganz schön dick, und deshalb haben wir auch schon den Kinderwagen eingerichtet, der ist orange und türkis, und damit fahren wir das Baby dann immer rum.

»Darf ich eine Windel zum Spielen haben?«, frage ich. Und da gibt Mama mir sogar zwei Stück.

»Eine für Flo, eine für dich«, sagt sie. »Und bitte: nicht streiten. Die sind genau gleich.«

Ich renne schnell die Treppe nach unten, und dabei suche ich mir eine von den beiden Windeln aus, weil es stimmt gar nicht, dass die genau gleich sind.

Bei der einen ist vorne ein kleiner Affe aufgedruckt und bei der anderen ein Kaninchen, und ich nehme das Kaninchen, weil ich Kaninchen so niedlich finde.

Wir haben ja sogar zwei echte, Knolle und Bolle, die wohnen hinten im Stall am Kartoffelbeet.

»Flo!«, rufe ich, weil ich sie nicht gleich finde. »Ich habe eine Überraschung für dich!«

Und da kommt sie aus dem Spielzimmer angeflitzt, und in ihrer Hand hält sie eine Schnur, die hat sie selber gekordelt, und die ist orange und türkis.

»Guck mal, Mimi!«, kräht Flo. »Damit können wir unseren Bruder im Kinderwagen anbinden, damit er nicht rausfällt.«

Aber da erkläre ich ihr, dass man Babys natürlich nicht anbinden darf, noch nicht mal im Kinderwagen, und dass Flo einfach noch zu klein ist, um das zu wissen, und ein bisschen zu dumm.

Und weil ich schon weiß, dass wir jetzt

vielleicht Streit kriegen, halte ich ihr schnell die Affenwindel hin, weil Flo mag Affen nämlich gerne.

»Wollen wir wickeln üben?«, frage ich. »Wir können ja unsere Puppen nehmen, die sind fast wie richtige Babys.«

»Nein«, antwortet Flo und legt den Finger an die Nase. »Puppen bewegen sich ja überhaupt nicht. Und Babys strampeln doch rum.«

»Vielleicht Kater Kalle!«, rufe ich, weil der läuft gerade an uns vorbei, und das ist eine richtig gute Idee, finde ich.

»Nee«, murmelt Flo. »Der ist viel zu dick. Dem passen die Windeln ja gar nicht.«

Und das stimmt natürlich, weil Kalle ist nämlich so rund wie eine Schneekugel. Früher war er dünn und klein und dann war er dünn und groß und seit ein paar Wochen ist er dick und groß. Mama sagt, wahrscheinlich kommt das von den ganzen Mäusen, die er immer im Stall von Onkel Jussi fängt.

»Jetzt weiß ich!«, ruft Flo auf einmal und ihre Stimme klingt ganz stolz. »Wir wickeln einfach Knolle und Bolle! Das passt richtig gut, weil die sind ja auch zu zweit, und dann können wir beide üben!«

Und so machen wir es. Wir flitzen in den Garten und laufen zum Kaninchenstall. Den hat Papa gebaut und Flo und ich haben ihm damals richtig gut dabei geholfen.

Der Stall ist so groß, dass wir da selber auch reingehen können und die Kaninchen ganz viel Platz zum Spielen haben.

Bolle ist grau und Knolle hat weißes Fell mit braunen Flecken, und beide sind so niedlich, dass ich es kaum aushalten kann. Also vielleicht mag ich Knolle noch ein winziges bisschen lieber als Bolle, weil Knolle gehört mir und er ist ganz zahm und Bolle ist Flos Kaninchen und er ist ziemlich stark und manchmal kratzt er sogar.

Ich nehme Knolle auf den Arm, und stellt euch mal vor, er hält wirklich ganz still. Aber leider habe ich jetzt keine Hand mehr frei, um ihm die Windel anzuziehen.

»Flo«, schlage ich deshalb vor. »Du klebst die Windel bei Knolle zu und dann hältst du Bolle fest und ich mache alles mit der Windel bei ihm.«

Und das findet Flo gut und wir kriegen es richtig super hin. Also zumindest bei Knolle. Der sitzt jetzt ganz gemütlich in der Ecke und mümmelt Heu und sieht mit seiner Windel so niedlich aus!

Aber Bolle veranstaltet mal wieder ein Riesentheater. Er rast einfach weg und erst ruft Flo mit so ganz zarter Stimme: »Komm, mein kleiner Hopsi, komm mal her zu mir«, aber das macht er überhaupt nicht, und da wird Flo sauer, und als er gerade an ihr vorbeihoppelt, schnappt sie ihn mit beiden Händen und drückt ihn ganz fest vor sich an den Bauch.

»Spinnst du?«, schreie ich. »Du darfst Bolle doch nicht so quetschen!«

Aber da keucht Flo, dass das ja nur für ganz kurz ist und dass ich schnell zukleben soll und dass sie das bei Ninja natürlich nicht so machen wird, weil der hat ja keine Krallen.

Und da schnappe ich mir die Windel, und obwohl Bolle immer noch strampelt, schaffe ich es und ich bin richtig stolz und Flo auch.

Und Bolle hat sich auch überhaupt nicht wehgetan, direkt danach hoppelt er nämlich schon wieder ganz vergnügt zu Knolle und drängelt ihn weg, weil er am liebsten das ganze Heu alleine fressen will.

Als ich die beiden da so mit ihren Windeln in der Ecke sitzen sehe, muss ich kichern, weil sie so lustig aussehen.

»Mats findet das bestimmt auch witzig«, sagt Flo, und das ist irgendwie komisch, weil ich mir nämlich gerade genau das Gleiche überlegt habe. Manchmal sind Flo und ich echte Gedankenzwillinge.

»Wollen wir rüberlaufen und ihn holen?«, frage ich.

»Das klappt nicht«, sagt Flo und runzelt

die Stirn. »Der muss bestimmt wieder die ganze Zeit trainieren.«

Mats will später mal Radrennfahrer werden oder Bauer, aber wahrscheinlich Radrennfahrer, und deshalb rast er jeden Tag auf seinem Rennrad den Brückenweg rauf und runter.

»Aber wir können Knolle und Bolle ja einfach zu Mats bringen!«, ruft Flo plötzlich und da hat sie natürlich recht.

»Wollen wir dafür den Kinderwagen nehmen?«, schlage ich vor, weil dann denkt Mats vielleicht, unser Bruder ist schon geboren, und kommt angerannt, und in echt liegen da aber nur Knolle und Bolle und haben Windeln an, und dann lacht Mats sich kaputt, das weiß ich genau.

Und so machen wir es. Flo flitzt los und

schiebt den Kinderwagen quer durch den Garten und dann öffne ich die Stalltür und hebe Knolle in den Wagen und Flo nimmt Bolle.

Damit ihnen nicht langweilig wird, stopfe ich ziemlich viel Heu oben ans Kopfende, weil so können sie einfach weiterfressen und wir können endlich los.

Am Anfang klappt alles ziemlich gut. Knolle und Bolle sitzen gemütlich im Wagen und mümmeln.
Aber auf einmal will Bolle wohl wissen, wann wir endlich da sind, und deshalb stützt er beide Vorderpfoten auf die Seitenwand vom Kinderwagen und reckt die Nase in die Luft.

»Nein, nein, nein, mein Freund!«, schreit Flo und macht einen Sprung nach vorne.

Und dann passiert alles gleichzeitig.

Vor Schreck hopst Bolle nämlich mit allen

vier Pfoten gleichzeitig in die Luft, und leider landet er danach nicht wieder im Wagen, sondern im Gras. Er guckt sich um, aber nur eine winzige Sekunde, und dann rast er los wie eine Rakete.

»Mimi!«, kreischt Flo und rennt ihm hinterher. »Halt ihn fest!«

Aber das geht ja gar nicht, weil Bolle schon bei der Einfahrt ist.

»Was ist denn passiert?«, höre ich da auf einmal Mamas Stimme, und zwar von oben, weil sie nämlich aus dem Fenster guckt.

»Mama!«, brülle ich. »Komm schnell!! Bolle haut ab!!!«

Und dann renne ich auch los.

Die Reihenfolge ist jetzt so: Ganz vorne rast Bolle den Brückenweg entlang und macht immer wieder so kleine Seitenhüpfer. Dahinter flitzt Flo und gleich danach komme ich. Ich kann ja richtig schnell rennen, und deshalb habe ich die beiden schon fast eingeholt.

Und hinter mir läuft irgendwo Mama, die

sehe ich zwar nicht, aber ich kann sie hören, weil sie so laut schnauft.

Leider hat Bolle ziemlich großen Vorsprung, er ist beinahe schon am Briefkasten angekommen. Doch dann drückt er alle vier Pfoten auf einmal in den Sand, sodass es richtig staubt, und macht eine Vollbremsung.

Direkt am Postkasten steht nämlich der Briefträger und stopft gerade unsere ganzen Umschläge durch den Schlitz.

»Festhalten!«, brüllt da Mama hinter mir und winkt wie wild mit beiden Armen. »Sofort festhalten!!«

Da zieht der Postbote die Briefe mit einem Ruck wieder aus dem Schlitz und dreht sich zu uns um und sieht irgendwie verwirrt aus.

»Das Kaninchen!!«, schreit Mama jetzt und wedelt dabei wie eine Wahnsinnige mit den Armen.

Der Postbote hält noch immer unsere Briefe vor seinem Bauch fest, aber nur noch eine winzige Sekunde und dann lässt er alle Umschläge runterplumpsen. Die Briefe fallen ins Gras, direkt neben Bolle in seiner Windel.

Den interessiert das aber überhaupt nicht, der frisst jetzt nämlich Klee, weil den mag er am liebsten.

Der Postbote starrt mit Kugelaugen auf das Kaninchen und dann auf Mama und dann geht er ganz langsam in die Knie, fast so als wäre er ferngesteuert. Dabei streckt er die Arme aus und hebt den Windel-Hasen in die Luft und aus seinem Mund hängt ein Kleeblatt.

Also natürlich aus Bolles Mund, nicht beim Briefträger.

Zum Glück kommt Mama genau jetzt angeschnauft. Sie reißt dem Postboten das Kaninchen aus der Hand und schwups rast sie schon wieder zurück zum Haus.

»Tausend Dank«, ruft sie über die Schulter. »Ich kann nicht stehen bleiben, sonst fängt der gleich an zu strampeln und haut wieder ab!«

Der Postbote starrt ihr hinterher und schüttelt den Kopf und dann springt er in sein Auto und fährt mit quietschenden Reifen weg. Dabei hämmert er sich die ganze Zeit mit dem Zeigefinger an die Stirn, das kann ich genau sehen.

»Man darf gar keinen Vogel zeigen«, ruft Flo und bückt sich nach den Briefen. »Wollen wir das nachher noch mit auf das *Keine Werbung*-Schild schreiben?«

Und ich sage »Ja«, aber jetzt müssen wir erst mal zu Mama.

Die lehnt an der Tür vom Kaninchenstall und schnauft ganz laut und auf ihrer Stirn sind ziemlich viele Schweißperlen. Hinter dem Maschendrahtzaun sitzt Bolle und frisst Heu und guckt unschuldig.

»Knolle muss auch noch in den Stall«, sage ich und nehme ihn aus dem Kinderwagen. Da hat er nämlich einfach gewartet, also er ist wirklich das bravste Kaninchen auf der ganzen Welt. Aber Mama macht gar nicht die Tür für uns auf, sondern sie schnauft einfach weiter.

»Alles okay, Mama?«, frage ich, weil irgendwie ist das komisch.

Mama stöhnt auf und dann holt sie tief Luft.

»Hol bitte ganz schnell Papa«, presst sie zwischen den Zähnen hervor. »Ich glaube, das Baby will auf die Welt. Wir müssen ins Krankenhaus fahren.«

Und da fängt mein Herz an zu rasen wie verrückt.

Weil ich so aufgeregt bin.

Und so kolossal und wahnsinnig froh.

Wie Kater Kalle eine Superüberraschung für uns hat und Mama auch

»Wie lange dauert das noch?«, fragt Flo. Sie sitzt neben mir auf dem Sofa und drückt meine Hand.

»Zwei Minuten«, antwortet Onkel Jussi und kratzt sich am Kopf. Er steht am Herd und brät Spiegeleier.

Er passt nämlich auf uns auf, bis das Baby geboren ist, weil Mama und Papa sind ja im Krankenhaus.

»In zwei Minuten ist unser Bruder geboren?«, schreit Flo und springt auf.

»Nein«, murmelt Onkel Jussi und dreht das Ei um. »In zwei Minuten können wir essen.«

Irgendwie ist er gar nicht aufgeregt.

Aber Flo und ich sind dafür *richtig* nervös und können es überhaupt nicht mehr aushalten und Kater Kalle auch nicht.

Der streicht uns die ganze Zeit um die Beine und maunzt.

»Willst du auf den Arm?«, frage ich und hebe ihn auf meinen Schoß.

Kalle stupst mir seinen Kopf in den Bauch und dann springt er aber schon wieder vom Sofa und läuft zur Waschküche. An der Tür bleibt er stehen und guckt Flo und mich an und maunzt schon wieder.

»Der hat irgendwas«, murmle ich.

»Hunger«, antwortet Flo.

»Nein«, sage ich. »Der ist irgendwie komisch.« Und dann laufe ich zu ihm. Aber Kalle wartet gar nicht auf mich, und als ich um die Ecke in die Kammer gucke, hopst er in den Altpapierkarton, in den wir immer alte Zettel und Zeitungen tun, die wir nicht mehr brauchen.

Also so langsam wird Kalle echt verrückt, jetzt läuft er nämlich in der Kiste im Kreis und maunzt schon wieder.

»Flo!«, brülle ich. »Kalle hat eine Meise!«

»Lebt die noch?«, ruft Onkel Jussi aus der Küche. »Soll ich sie rausbringen?«

»Mann, Onkel Jussi!«, antworte ich. »Doch keine echte!«

Manchmal bringt Kalle ja wirklich Mäuse und Vögel aus dem Garten mit nach drinnen. Ich finde das immer ziemlich eklig, aber das macht er nur, weil er uns so gern mag und uns was schenken will, sagt Papa. Und andere Sachen hat er ja nicht, Bonbons oder so.

Nun lässt Kalle sich plötzlich auf die Seite auf seine dicke Wampe plumpsen und schnauft. Vielleicht will der auch einfach nur schlafen.

»Mimi«, ruft Onkel Jussi. »Essen ist fertig!«

Und da renne ich schnell los, weil Spiegeleier nämlich fast mein Leibgericht sind. Und bei Onkel Jussi gibt es überhaupt nie Spinat dazu, so wie bei Mama. Bei Onkel Jussi gibt es Eier, und fertig.

Flo kleckert trotzdem alles voll, denn in der rechten Hand hält sie ihren Löffel, aber in der linken keine Gabel zum Draufschieben, sondern mit der macht sie eine Faust, und zwar eine richtig feste, sodass die Haut an den Knöcheln ganz weiß ist.

»Was tust du denn da?«, frage ich.

»Ich drücke Daumen«, schmatzt Flo, weil nämlich ihr ganzer Mund voller Spiegelei ist. »Dann kriegt Mama vielleicht sogar zwei Babys und wir müssen nicht immer abwechseln.«

»Erst schlucken, dann reden«, rufe ich, und dabei gucke ich streng, das macht Mama auch immer so, aber das habe ich ja schon erzählt. Und außerdem tippe ich mir an die Stirn, weil natürlich kriegt Mama NICHT zwei Babys, nur weil Flo Daumen drückt.

Aber jetzt streckt Flo mir die Zunge raus, und das ist ekelhaft, weil ich dabei ihr Essen im Mund sehen kann.

Doch als ich ihr gerade mit dem Fuß ans Schienbein treten will, höre ich Kater Kalle in der Kammer. Er maunzt jetzt *richtig* komisch, so als würde ihm was wehtun oder so.

»Darf ich aufstehen?«, frage ich schnell und dabei springe ich schon vom Stuhl und renne los.

Und jetzt erzähle ich euch die beste Sache der Welt. Das glaubt ihr nicht, niemals im Leben. Weil ratet mal, was in der Waschküche sitzt? Einfach so, im Karton bei Kater Kalle??

Eine BABYKATZE!!! Die liegt da in der Kiste, wie hergezaubert, und sie ist winzig klein und ein bisschen klebrig und schnurrt.

»Flo!!!«, kreische ich. »Onkel Jussi!!! Ihr müsst kommen!!!«

Kalle hebt den Kopf und guckt mich an

und irgendwie sehen seine Augen ganz schön streng aus.

»Tut mir leid«, flüstere ich. Und weil Flo jetzt direkt hinter mir steht, halte ich ihr schnell den Mund zu, damit sie nicht aus Versehen auch so rumschreit.

Und Flo kriegt riesige Augen und dann fällt sie mir um den Hals und hopst wie verrückt und wir machen einen richtigen Indianertanz und quieken, aber leise.

Doch da steht Kalle wieder auf und läuft in der Kiste im Kreis, immer so um das Kleine herum.

»Kalle!«, wispert Flo. »Leg dich hin. Dein Baby hat Hunger!«

Und als hätte er das genau verstanden, lässt er sich auf die Seite plumpsen. Aber irgendwie bewegt sich sein Bauch jetzt so komisch, und zwar von selber, und plötzlich entdecke ich etwas.

Ich greife nach Flos Hand und drücke sie so fest, dass sie vor Schreck zusammenzuckt, aber sie sagt nichts, sondern sie japst nur und zeigt mit dem Finger in die Kiste.

Hinter Kalle liegt nämlich plötzlich noch ein zweites Kätzchen im Karton. Schwups, ist es einfach so aus seinem Bauch gekommen! Und Kalle dreht sich sofort um und schleckt es ab und es ist winzig und struppig und nass und irgendwie so wie ein echtes Wunder.

Flo und ich sagen nicht piep und nicht papp, sondern wir starren einfach nur auf Kalle und die beiden Minikatzen und sind mausestill, weil wir wollen die drei ja nicht stören.

Die neue Babykatze kriecht jetzt zu Kalles Bauch. Ihre Augen sind zu, aber sie findet den Weg trotzdem, keine Ahnung, wie sie das macht.

Sie robbt ganz nah an ihn heran und knufft ihn ein bisschen und plötzlich fängt sie an zu trinken. Direkt daneben kommt ihr Bruder angekrabbelt und schmatzt auch los. Und Kalle liegt einfach da und schnurrt und sieht sehr zufrieden aus.

Onkel Jussi kratzt sich am Kopf.

»Tja«, sagt er. »Moin Karla, alter Junge.« Und dann grinst er.

»Hä?«, fragt Flo. »Das Kleine heißt doch nicht Karla.«

»Aber die Mutter heißt Kalle, oder wie?«, fragt Onkel Jussi und jetzt lacht er richtig.

Ich schlage mir die Hand auf den Mund,

weil daran habe ich ja überhaupt noch nicht gedacht. Kalle ist gar kein Kater! Dann hätte er ja keine Babys kriegen können! Kalle ist eine Katze!! Also das ist ja wohl eine Superüberraschung.

Aber als ich Onkel Jussi gerade fragen will, ob wir Kalle jetzt wirklich in Karla umtaufen müssen, klingelt sein Handy.

»Und?«, fragt Onkel Jussi in den Hörer, und dann sagt er nichts mehr, aber in seinem Gesicht breitet sich so ein Strahlen aus, irgendwie leuchtet es fast sogar, und Flo und ich starren ihn an.

»Glückwunsch«, sagt er dann. Und danach: »Bis gleich.« Und schon legt er auf und dreht sich zu uns um.

»Dann zieht mal eure Schuhe an«, sagt er. »Das Baby ist da. Und es will euch sofort treffen.«

Und da gluckert das Glück auf einmal durch meinen ganzen Körper, von meinen Zehennägeln bis ganz nach oben zu meinen Haarspitzen und bis zu meinem Mund, und dann reiße ich ihn auf und schreie: »Jippieh, juchuh, jippieh!!!«, und falle Flo schon wieder um den Hals, und wir machen einen

Indianertanz, aber jetzt einen richtig lauten, obwohl Kalle streng guckt.

Und dann ziehen wir so schnell wie noch nie unsere Schuhe an und rasen zum Auto und dabei singen und quieken und jubeln wir die ganze Zeit, und erst als wir ins Krankenhaus kommen, sind wir mucksmäuschenstill, weil dort darf man nicht rumschreien, sagt Onkel Jussi.

Wir machen ganz leise die Tür auf und da sitzt Mama im Bett. Sie ist ein bisschen blass und ihre Haare sind ziemlich strubbelig, aber sie strahlt uns an und in ihren Armen hält sie ein Baby.

»Kommt mal her, meine beiden«, flüstert sie. »Guckt mal. Das ist eure Schwester.«

Und da schleichen Flo und ich auf Zehenspitzen zu ihr ans Bett und mit meinem Zeigefinger streichle ich ganz zart über den

Babykopf. Es hat sogar schon richtige Haare, und die sind so weich wie Kükenflaum.

Flo nimmt die kleine Faust in ihre Hand, aber auch ganz vorsichtig, weil ihr könnt euch nicht vorstellen, wie winzig die ist.

»Jetzt ist es doch kein Bruder geworden«, wispert Papa. »Schlimm?«

Aber da schütteln Flo und ich so doll die Köpfe, dass unsere Haare hochfliegen.

»Sie heißt Nina«, sagt Mama und lächelt.

»Nina ist auch ein richtig guter Name«, flüstert Flo. »Das klingt fast wie Ninja.«

»Aber kämpfen bringen wir ihr erst später bei«, sage ich leise. Und da nickt Flo. Und dann sind wir wieder ruhig und gucken einfach nur, weil Nina so niedlich ist und so miniklein.

Und da fällt mir ein, dass Mama und Papa ja noch gar nichts von Kalle wissen, und da erzählen Flo und ich schnell alles, und Mama und Papa staunen, aber richtig. Und dann darf erst Flo Nina auf den Arm nehmen und danach ich.

Ich lege meine Wange auf ihre Kükenflaum-Haare und irgendwie riechen sie nach Gänseblümchen und nach Mama und vielleicht sogar ein winziges bisschen nach Schokokuchen.

»Bei uns zu Hause ist es richtig schön«, flüstere ich in ihr Ohr. »Da kannst du dich schon mal freuen.«

Und dann drücke ich sie an mich, aber nur ein kleines bisschen, damit sie keinen Schreck kriegt, und da gluckst Nina.

Und ich bin so froh wie wirklich noch nie, nie, nie in meinem ganzen Leben.

Ausgeschmökert? Weiterschmökern:

ISBN 978-3-8458-2138-2

ISBN 978-3-8458-2143-6

ISBN 978-3-8458-2600-4

ISBN 978-3-8458-2742-1

ISBN 978-3-8458-3212-8

ISBN 978-3-8458-3856-4

ISBN 978-3-8458-4508-1

Ziemlich beste Schwestern

**Willkommen bei den
besten Schwestern der Welt!**

Können Giraffen miauen? Was passiert, wenn man
ein Handy einpflanzt? Und wie wäre es mit einer
Mäusefamilie, die ins Puppenhaus einzieht?
Mimi und Flo kommen immer wieder auf neue Ideen!

Eins ist sicher: Mit diesen beiden Schwestern
wird es nie langweilig!